La petite sœur de Franklin

Pour Cole et Rachel Shearer - *P. B.*

Pour ma petite sœur Linda,
avec toute mon affection - *B. C.*

Franklin est une marque de Kids Can Press Ltd.

Publié pour la première fois en 2000 par Kids Can Press Ltd.,
Toronto, Ontario, Canada sous le titre *Franklin's Baby Sister*.

© 2000, Contextx Inc. pour le texte.

© 2000, Brenda Clark pour les illustrations.

© 2003, Hachette Livre / Deux Coqs d'Or pour l'édition française
Tous droits réservés. Reproduction interdite, même partielle,
sous quelque forme et par quelque moyen que ce soit,
sans la permission écrite de l'éditeur.

ISBN : 978-2-01-392713-0

Dépôt légal Juillet 2011 – Édition 11

Loi n° 49-956 du 16 juillet 1949
sur les publications destinées à la jeunesse.

Imprimé en France par Jean-lamour - Groupe Qualibris

La petite sœur de Franklin

Paulette Bourgeois - Brenda Clark
Adaptation française de Violaine Bouchard

DEUX COQS D'OR

Franklin sait compter jusqu'à cent et nouer ses lacets comme un grand. Il peut réciter par cœur tous les mois de l'année, et même les saisons. Il aime jouer au ballon en été, ramasser des feuilles en automne et construire des tortues de neige en hiver. Mais la saison préférée de Franklin, c'est le printemps. Et cette année, le printemps promet d'être très spécial…

Les parents de Franklin lui ont annoncé une grande nouvelle : ils vont avoir un bébé au printemps !

Franklin saute de joie. Il a toujours rêvé d'être un grand frère ! Il s'est même entraîné avec la petite sœur de Martin l'ourson…

« Je sais comment on fait rire les bébés, et je sais aussi comment leur faire faire leur rot ! s'exclame Franklin.

– Tu seras un grand frère merveilleux », dit sa maman.

Chaque jour, Franklin demande à ses parents :
« Est-ce que c'est le printemps maintenant ? »
Sa maman met une main sur son ventre et répond :
« Pas encore. Mais bientôt… »
Franklin n'en est pas aussi sûr. Il fait encore
très froid dehors, et le sol est recouvert de neige.
Le printemps semble encore loin…

À l'école, M. Hibou demande si quelqu'un sait reconnaître les signes du printemps.

« La terre se réveille après un long sommeil, dit Mathieu le blaireau.

– Les plantes commencent à sortir du sol, ajoute Arnaud l'escargot.

– Les bébés naissent », affirme Franklin.

Il regarde le ciel hivernal par la fenêtre et souhaite que le printemps se dépêche un peu.

Comme devoir de printemps, M. Hibou a demandé
à ses élèves de planter une graine et d'observer
sa germination. Mais Franklin s'inquiète au sujet
de la sienne.

« Elle est bien au chaud dans la terre, et elle a toute
l'eau qu'il lui faut, dit-il à M. Hibou, mais il ne se passe
rien.

– Ta plante pousse, le rassure M. Hibou, mais
tu ne peux pas la voir. Il faut attendre un peu. »

Franklin soupire. Décidément, il n'aime pas attendre.

À la maison, Franklin aide ses parents à tout préparer pour la venue du bébé.

« Ce bébé mettra sûrement très longtemps à arriver », dit Franklin.

Sa maman le prend dans ses bras.

« Nous attendons ce bébé pour le printemps, et le printemps ne tardera plus, maintenant.

– Vraiment ? » demande-t-il, ravi.

Franklin va se promener. À chaque tournant,
il regarde autour de lui et appelle :

« Hé, ho ! Printemps ! Es-tu là ? »

Mais personne ne répond.

Franklin frappe sur des poêles et des casseroles,
il agite des clochettes. Mais même avec tout ce vacarme,
le printemps ne se réveille pas.

La petite tortue observe son jardin. Aucune plante ne montre encore le bout de son nez.

Il n'y a aucun signe du printemps ici…

Et c'est un vrai problème puisque le bébé est censé arriver au printemps…

Franklin se sent très triste. Si le printemps ne vient pas, il ne pourra jamais être un grand frère !

Son papa sort dans le jardin pour voir ce qui ne va pas.

« Je crois que le printemps ne viendra jamais, se lamente Franklin.

– Ne t'inquiète pas, dit son papa. Je sens qu'il va bientôt pleuvoir, et tu sais que les pluies d'avril apportent les fleurs de mai. »

Franklin est déjà un peu rassuré.

Le dimanche suivant, il met son chapeau, ses bottes et prend son parapluie.

« Je suis paré ! s'exclame-il.

– Ce n'est pas une si grosse pluie, dit sa maman en riant. Juste un bébé pluie ! »

Franklin semble déçu.

Pour lui changer les idées, son papa lui dit :

« Viens voir ! Nos amis ont apporté des cadeaux pour le bébé. »

Mais Franklin aurait préféré qu'ils apportent le printemps…

Le lendemain matin, le facteur vient déposer quelques cadeaux de la part de tante Anémone.

Il y a un mobile pour le bébé, un cerf-volant pour Franklin et un bouquet pour sa maman.

Celle-ci respire le parfum des fleurs et dit :

« C'est comme si tante Anémone nous envoyait le printemps.

– Youpi ! s'exclame Franklin. Le bébé va bientôt naître ! »

Plus tard, à l'école, Franklin clame partout
que le printemps est arrivé.

« Tu as raison, dit M. Hibou. Regarde ! »

Une petite pousse a jailli de la graine de Franklin.

C'est tout petit, tout vert et absolument merveilleux.

Lili

Franklin

Quand Franklin rentre de l'école, sa grand-mère
est à la maison.

« Félicitations, Franklin, dit-elle. Tu es un grand frère.
Ta petite sœur est née aujourd'hui. »

Franklin danse de joie.

« Est-ce que je peux la voir ? demande-t-il.

– Elle t'attend à la maternité », dit sa grand-mère.

Et ils partent aussitôt.

À la maternité, Franklin embrasse ses parents
et sourit à sa petite sœur.

« Comment s'appelle-t-elle ? demande-t-il.

– Nous n'avons pas encore choisi, répond sa
maman. Nous voudrions un prénom original. »

Franklin observe sa petite sœur.

« Pourquoi ne l'appellerions-nous pas Harriet,
comme tante Harriet ? C'est original, et le bébé
lui ressemble beaucoup. »

Ses parents lui sourient… Harriet est vraiment
un prénom parfait.

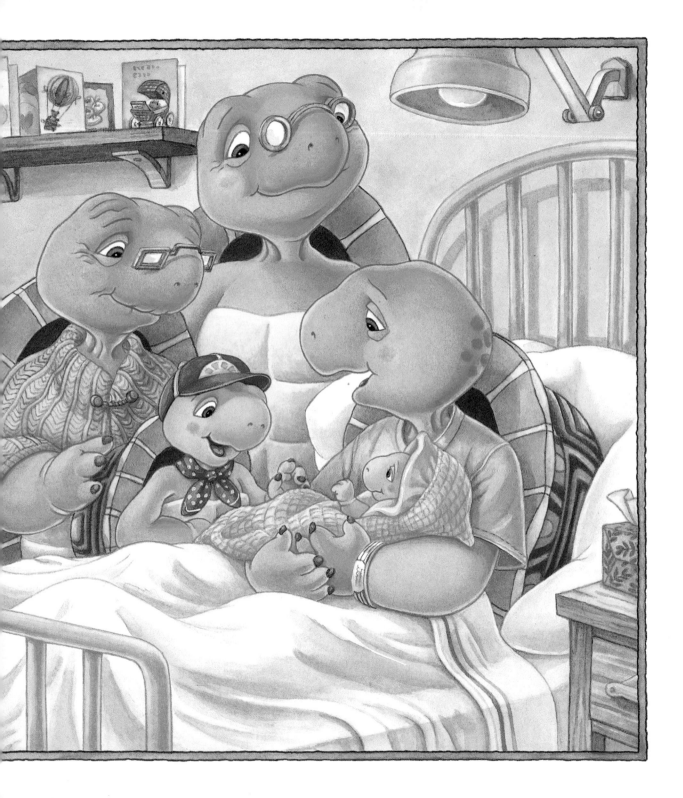

Franklin demande à prendre sa petite sœur dans ses bras.

« Bonjour, Harriet, dit-il. Je suis ton grand frère, Franklin. Si tu savais comme je t'ai attendue ! »